世田谷線線路跡

萩野洋子詩集

土曜美術社出版販売

詩集　世田谷線線路跡＊目次

I

II

カバー装画／著者

詩集　世田谷線線路跡

I

梅雨の合間

重たげな紫陽花の元で草を取っていると
どくだみのつながった根の先から
三十センチほどの太い麻の縄が出てきた
両端がそれぞれ結ばれている
犬のレオンが遊んでいた玩具のようだ
くわえて振り回したり放り投げたりして遊んでいたっけ
ふざけて取り上げようとすると
後ろ足を踏ん張ってぐんぐん引っ張る力が
私の腕に伝わってきた

見つけたよレオン
きっとここに隠していたんだね
もう十年も経ったのに
泥にまみれてしんなりして
芋蔓のようになって出てきた
もう一度掘りだして
遊びたかったのかもしれないね

昨夜はひらがなで母の名前が書いてある
使いかけの歯磨きチューブを
洗面所の棚で見つけたばかり
敬愛する師の声を
頂いたＣＤで聞いたのもつい先ごろのこと

しゃがんで一人草を引いていると
湧きあがるどくだみの匂いの中から
会いたい人やレオンのしぐさが
鮮やかにたち上がってくる

水っぽい初夏の入り口で

貝殻

関東ローム層の上に暮らしている
削られた崖には貝殻の層をはさんで
何層もの段々模様が
パイのように重なっている
指先で砂を掘ると　ぐすぐすと崩れて
かんたんに貝殻がつまみ出せた
細長くて薄いマテガイやホタテガイ
口を閉じたままのニマイガイもあった
どきどきして開けてみると

砂が詰まっているだけだった

防空壕用に裏山に掘られた横穴からも
貝殻がたくさん出た
祖母はその穴に里芋やさつま芋を埋めて保存した
貝殻の混ざった砂をざくざくかけて　筵で蓋をするのだった
細かく砕いて　祖父は鶏の餌にしていた
私はままごと遊びの器にしたり
夏休みの採集標本にしたこともあった

何の気なしに使っていた貝殻　あれはみんな
時空を超えた海からの贈り物だったのだ
海だったのは何億年前のことなのだろう
海の記憶も　ままごとの記憶も

まるごと抱えている地層の一番上で
星ほどに遠い海の痕跡の
ひとかけらの貝を
今　私は掌に載せている

爪を切る

巻貝のように　背中を丸めて
足の爪を切る
小さな三日月型の爪を
いくつも床にこぼしていく

丸くなった背中にそって
下に流れていくもの
悲しみやあせりや　もろもろの負のものが
渦巻きながら

巻貝の先端にたまっていく

けれど
この岸の渚に
ころんと転がっている貝の上にも
優しい雨が降り注いで
背中をぬらすことも
暖かい陽が乾かしていくこともあるから

つきつめてもどうしようもないことがらを
思うことは止めて
巻きこんだ螺旋をほどくように
私は立ち上がる

かげろう

ガラス戸を開け
網戸だけにした夕方
内側に何かうすい影
蚊と思って潰してしまうところだった
うすい影が
蚊よりも長いかげろうとわかった
つまんで庭に放したつもりだった
かげろうはつかめたのか
その存在さえもかすかだった

胸まで白い卵の詰まったかげろうという
吉野弘の詩を思い出した
触れているのかもわからないくらいの
繊細な命を私は
助けられたのだろうか
かげろうをつまむにはふさわしくない
ぎこちない私の指で
気づかないうちに
他のものも
壊してきたのかもしれない
ただ当てずっぽうに
救う形の手を
さし出したりして

咲く時も

コップにさした秋海棠の桃色の花
一つだけテーブルの上に落ちている

粟粒のような黄色のおしべ
落ちたおしべの先に
細筆で書いたような
かすかな花粉
それは花の最後のひと息のよう

花も終わる時
小さく息をはくのかもしれない
咲いている花も人も
形を変える度
その姿勢を保つ時でさえも
見えない力が働いているのだ

飲み込むときも
立ち上がるときも
力がいるように
咲く時も死ぬ時も
愛する時も
いつでも力がいるのだろう
最後のひと息を終わるまでは

みかんの葉の陰で

さらさらと震える音がする
いつもは聞こえない
アゲハ蝶の羽の音
まだ豆粒くらいのみかんの実を
ずっと見続けていた私に
気付かなかったのだろうか
近づきすぎた蝶

視線でとらえて

はじめて聞きとれるほどの
かすかな
あるかなしかの音だ
小さいけれど
風をおこして
黒と黄色の羽の模様が
ゆらゆら通り過ぎていった

初夏の庭に
茂った葉群れを通して
何本もの陽の影

今日も風が吹いていたんだ
一日のうち朝か夕には

葉群れを揺らす風
忘れていないよ
過ぎていった人の心が
時々胸に帰ってくる
蝶の羽の音のように
かすかだけれど
風にまぎれて

軌跡

隣家の壁と梅の木の間や
椿の枝のさし交わす狭い隙間も
するりとかわして
四十雀が飛んでくる
その軌跡を色つきの糸で
見せてくれたら
こんがらかるほどの
糸のたばになるだろう
ついっと一本を指で引いてきたら

鳥をたぐりよせられるかもしれない
私の歩いた跡も
地下鉄の路線図のように
カラフルに残っていたら
つまみ出して
過去の私に会えるかもしれない

縦横無尽に飛び交っている
鳥たちの
しなやかな軌跡を見ていると
七色の糸に巻かれた地球が
ぼうっと浮かんで
ほどほどの春がやってきた

秋はさざなみ

ちらちらと揺れながら
光の破片が部屋の中まで寄せてくる
鳥の影も黄色の銀杏も
ハナミズキの赤い葉も
あふれる色をくだいて
自分では認めていないけれど
すっかりおじいさんになった人の周りを
あたたかく囲んでいる波

今日は富士山がはっきり白いと
テレビで見たから
河原まで行きましょう
電動カートに乗って　私は歩いて
丹沢の山並みと真っ白な富士
広い河原を横切って
疲れて眠る人の部屋に
こもった陽がまだ暖かい
柿の葉が散る中を　ゆっくり
秋の波が引いていく

水引草が夕日に浮かんでいる
寄り添っていても
優しいばかりではない私の思いを映すように

水引草そっくりの
赤い引っかき傷が私の胸に記されて
ときおりこぼれてくる赤い粒粒
その　ひそかな痛みも
じきに忘れてしまうでしょう
引いていくさざなみに運ばれて

揺らぐ場所

沼の葦を揺らして
船の腹に　たぷたぷと打ち寄せる水
足の裏からわき腹に伝わってくる
揺らぐ水の感覚がある

羊水に浮かぶ記憶があるなんて
私は信じていないけれど
どこかに懐かしい揺らぐ場所が
私の中にあるらしい

幼いころ　渡し船に乗って沼を渡った
船頭が水を刺す竹の竿
抜くたびにしたたる水
竿をずらす掌の音も覚えている
沖に出て　櫓に持ち替えると
ぎいぎいと　左右に揺れながら進んだ
船底が藻をこすっていく

私は船のへりにつかまって
母の横にぴったりと座り
快い揺れに身を任せていた
笹の葉の形をしたさっぱ船は
深い沼の上に浮かんでいたのに

不思議と安心できる場所だった

目をつむると
母の背中におんぶされ
歩くたびに伝わる揺らぎにも似た
温かい水の揺らぎを
感じることがある

待って　待って

耳をそばだてて
玄関の方ばかり気にしているチビよ
人も犬も同じだね

母を待って
夫を待って
子を待って
限りなく　いとしいものを待って
一生待って　そして待たれて

きりもなく待つことの流れに
組みこまれて
泣きながら　沈黙していくのか

玄関の方ばかり気にしているチビよ
今晩にはママも帰ってくるから
もう少しだからおりこうにしていなさいよ
待っているだけの
小さな白いかたまりのチビよ

餌と水をやり
玄関のドアを外から閉める
チビの鳴き声が聞こえている

Ⅱ

くちなしの花を

くちなしの花を眠らせておいたことがある
母が亡くなった直後だったから
もう十数年前のことだ
あの日　朝の底にしんと横たわっていた母
見守っていた通夜の一夜が
ふしぎと幸せで
明けてしまうのがこわかった
白いくちなしの花は母のようで
ある日　描きかけの花が

枯れてしまわないように霧を吹き
ビニール袋に空気を閉じ込めて
冷蔵庫に冷やしておいたのだった
何日も白いままでいたくちなしの花

今年は六月なのに
もう梅雨が明けたのだという
咲き残っているくちなしの花を
昨年亡くなった息子のために
冷蔵庫に冷やしておこうと思う
笑顔の写真のままで
眠ったようにありつづけるように
白いくちなしの花が
しんと眠りつづけているように

その問いは

足が重い　辛いと歩きだす前に夫が言うから
八十歳までは生きているのが義務だよ
その後はコロッと死んでいいから
あと三年頑張ってと返すと
あまのじゃくな彼はもっと頑張ると言う
その度笑ってしまうのだけれど
死ぬなどという言葉を
平気で口にするようになったのは
七十歳で彼が重い病を得てからだ

死にたいと義母もよく言っていた
医者に頼んで死ねる注射をしてもらいたいと
迫られたことは何度もあった
たしかに目は見えにくく耳は遠い
そのうえリュウマチで体の節々が泣くほど痛い
そんな義母が納得するような
答えはあっただろうか
言われる度に悲しむ人がいるからとか
頭はしっかりしているから大丈夫とか
なんとかごまかしてきたのだった

その問いはいつか自分に返ってくる
けれどまだ先のことと

自転車のスポークに巻きついた糸くずのように
普段は忘れていたのだが
日々の車輪は回って
私もあの時の義母の歳に近づいてきた
突きつけられる問い

今でも答えは見つからない

人は人でしか

おっとっ
大丈夫な方の左足がつまづいたような
どうしたのと聞くと
ジャンプしようとしたんだ
不自由になったことを忘れて
以前のように　という

もう二年近く
彼の中でどんなふうに
折り合いをつけてきたのか

私には解らない
けれど
ふとした瞬間に突き落とされるのだろう
そして思い知らされるのだろう
翼があった時のように
空を飛ぼうとして
魚だった時のように
どこまでも泳ごうとして

人は人でしかないのに
魚だったことも
鳥だったことも
ずっとずっと昔のことなのに
でも　記憶は消えないから

隠れようもなくて

あなたは生きている事が苦しいって
死んだ方がましっていうけれど
私は毎日が何か楽しい
いっしょにコーヒーを飲んで
いっしょにテレビを見て
セーターの前と後ろを間違えて着せて
もう一回やり直して
馬鹿だなって笑い合ったり
あくびをする度に

右手が小刻みに震えて
ズボンにカサカサとこすれる音がする
見事な貧乏ゆすりみたいで
私にはそんなにうまく揺らせないって
感心したり
脳卒中の典型だねって
不本意に笑ってしまったり
笑うところではないのに
二人ともしょっちゅう笑いがこみあげてくる

一歩一歩足を出して歩くことが
とても大変でも
右手がこのままずっと動かなくても
大丈夫って気がする

どこにも隠れるところがない
どこにも隠すところがない
ただありのままに
表も裏もみんな
心をさらすことしかできない
不自由になった彼の方が
私よりずっと
神に近い存在なのだと思うから

呼ぶ声

トントンと杖で床をたたく音
彼が呼んでいる
はいはい　今度は何ですか
庭でバラの剪定をしていた私は
鋏を放って駆けつける
おやつをくれとか　背中がかゆいとか
眼鏡をふいてくれとか
十分もたたないうちにまた呼ぶ
もう　まとめて言ってくれないかなと

不満をぶつける

認知症の進んだ母にもよく呼ばれた
いっしょに田舎に行った時など
草刈りをして母の視界から消えると
じきに　ヨウコ　ヨウコ　と呼ぶ
私をそばにおきたいのは分かるけれど
草刈りを始めたばかりなのに
何度も呼ばれるので
またかと腹立たしくさえ思った
その頃からヨウコの時間は
ぷつぷつと途切れてばかり

いつか　誰にも呼ばれなくなったら全部私の時間

嬉しい気もするけれど
シンと果てしない空間に
かすかな声を聞こうと耳をすますのかもしれない
そして何本もの呼ぶ声は　蜘蛛の糸のように
たよりなく浮遊する私をからめとって
日常の壁にとめつけてくれるものだったと
知るのだろう

そしてカプチーノ

よかったね
カプチーノを飲みに来られて
五分咲きの桜の下を通り
頭上に揺れる柳の小枝をくぐって
日差しがいっぱいの店先に
電動カートを止めている
半年振りだね
彼はゆっくりカプチーノの
泡をすすっている

死んだ方がよかった？
肺がんの手術が済んで二カ月余り
右麻痺の身体はそのままだけど
ようやく元の体調が戻った彼に
意地悪な問いを投げかけている

俺は死にたいんだから
病院も手術も厭だと
治療を拒絶していた末の
決断だった入院

今　カートに乗ったまま
黙ってコーヒーを飲んでいる

眩しそうな彼の向こうに遠い桜
溜めていた私の
「よかったね」が一つ
はらりと落ちた

ナレーション

ごめんな　こんな不自由な旦那で
つまらないだろう　どこにも行けなくて
と　独り言のように言うので
そんなことないよ
七十歳で亡くなった人もいるから
それを思えば　と私も静かに言う

日々の暮らしの中では私が
ちょっと目を放したすきに

彼が尻もちをついてしまったことが
何度かある
畳の上をお尻でずりながら
介護ベッドのバーが届くところまでなんとか
行ってもらおうと手こずっていると
尾てい骨が痛い　おまえが悪いんだ
早く起こしてくれとわめく
起きあがった彼が歩くのを
転ばないように後ろから見ているうち
思わず欠伸をすると
欠伸をするなと言う
そんなことくらい自由にして
と言い返す
素直にはいはいなどとは言わない

言いたい放題の赤みをおびた日常の会話の
裏側で
冷静に思いやる彼の気持ちが
青ざめたナレーションのように
流れているのを知っている

夢のように過ぎたと思っている

枯れ枝のように　横たわっている人が
会うこともない知らない人だったかもしれないのに
ただ　私の前に置かれているというだけで
その人の手になり　その人の足になって
寝返りを助けてきたけれど
いつも　その偶然を不思議に思っていた

手が汚れれば
私から遠いものとして切り離し
考え迷うことがあれば

それはそれと思い切り
その度　私を新しくして
ベッドから椅子へ　椅子からベッドへ
抱きかかえた義母の
胸がはだけて
むきだしになった鎖骨のあたりが
私の肩に熱かった

頼りきって身体を預ける人の
体の熱さだけが　確かに
私たちをつないでいた

夢のように思える　義母がいた日々
そして今は　ただ懐かしいだけなのだ

最後の言葉は

点滴も受けつけなくなって
あとは時間の問題という時
助けてほしいとすがる義母に
私が最後に言った言葉は
大丈夫よ　だった
それしか言えなかった
何が大丈夫なのか分からないまま
とにかく大丈夫なのだと

きっと渡っていけるから
無事に行きつけるからと
慰めようとして言ったのだろうか
木の下で梯子を押さえている時のように
しっかり押さえているから
登っていっても大丈夫と
そんなつもりで言ったのだろうか

梯子の先には何も無いことなど
はっきり分かっているのに
手を取って何度もくり返した
大丈夫よ　という言葉

落ち梅

わたし　こんな所に寝ている場合じゃないと思うの
十五年寝たきりの義姉が言う　口の開け方で聞き取れる
元気だった頃　一緒に田舎の実家に行ったことが
楽しかったね　本当に楽しかったねと話した後で
あの頃から田舎はこんなに変わったんだよと
教えているうちに　ふと漏らしたのだ

体が動けないことは　とうに受け入れているのに
声が出せないことにも慣れてきているのに

飛び出していく心と
ついていけない体の距離を
途方もなく遠くに感じた瞬間なのだろう

ようちゃん　気をつけて
義姉が梯子を押さえている
大丈夫　もう少しだから
見上げる義姉の足元には　落ち梅が散らばっていた
私はいつも木の上で梅の実を採る役だった

一つ違いで仲良しだったから
海外旅行に行くなら彼女と一緒にと思っていたけれど
不自由な体が　もう元に戻れないとわかった時から
そんなことを思っていたなんて

口に出したら涙が出そうだから
一度も話していない　あれからずっと
田舎の梅を一人で採っていることも

Ⅲ

世田谷線線路跡

世田谷線線路跡の遊歩道を一人で歩いている
隣接するコンクリート工場の
ブロック塀の向こうから
丈の高い柳の古木が
たくさんの細い小枝を頭上に垂らして
川藻のように風になびいている
駅に続くレンガ通りを朝は陽に向かって
夕方には西日を浴びながら帰ってきた
いつもこの通りに

私の暮らしがぶら下がっていた

父も母も別々に暮らしていたから
夫婦らしい老いた人が
並んで歩いているのを見ると
泣きたいくらい羨ましかった
夫が退職してからは
どこへ行くのも二人連れだって歩いた
父と母に望んでいたことを
取り戻したみたいに
そして今は彼が不自由になって　この道を
横に並んで歩くことはかなわなくなった

やがて柳は芽をふくだろう

枝に結ばれた無数の小さな約束が
いっせいに果たされたように
やわらかな笹型の葉をつけて
頭上から春が来たのだと気づかせてくれる
そして柳を揺らし渦巻く風の芯に
おき火のようなかすかな灯を見つけるのだ
灯はついたり消えたりするけれど
いつか私の胸に温かく広がっていくだろうか

まだ芽の出ない柳の下を
今は一人で歩いている

リフレイン

「ママ」
先を行く女の子が
呼んでいる
「いるよ」
後ろを歩くお母さんが
小さく　答える

雨の中
くるくる傘が

廻っている

いるよ　という
小さなひとことで
心は成り立っているのだろう

すれちがっただけの
私の胸にも　廻っている
　ママ　いるよ
　ママ　いるよ
くりかえし
いつまでも

したたる緑の歩道で

迷い

待ち合わせの時間にだいぶ遅れる
偶然　私の外出時に当たってしまうのか
この頃よく人身事故で電車が遅れる

生きていてもしょうがないと思う人が
増えているのよね震災以後　と
遅い昼食をとりながら
友達と話した

死にたいと思ったことはある
けれどこの時にという
追い詰められた瞬間は私にはなかった

深夜　テレビのテロップが流れる
田園都市線　人身事故のため　全線不通
人が眠りにつく十一時半
そんな時間まで迷っていたのか
自分を失うために　一日中

神の掌から漏れたのか
すくい取られたのか
その一滴は
飛翔したのか落下したのか

生活の板の上から
足裏が離れるまでの
迷いの長さを思っている

地下鉄

地下鉄のつり革につかまって
窓ガラスに映る人たちを見ている
ぼんやり映る自分の顔がこの頃
母の顔にとても似てきたと思う

窓は地下鉄の車内を映しているのだが
この世に対する彼岸のようにも見える
彼岸は　無音　無臭なだけで
この世をそっくり映したものであるのかもしれない

そう思うと急に
周りに立っている
暑苦しい体温を持った人たちが
いとおしいものに感じてくる

やがて
明るいホームに電車が入っていくと
ホームの人たちと窓に映っている人たちは
透明に入り乱れて
この世とあの世は
混然としてくる

千日紅

つくつくぼうしの広げる透明な声の傘は
私の一日を覆うくらい大きいけれど
凝縮された身体の影は小さくて
心の芯のように柿の木に留められている

ひがな一日縫いものをしている
手元が時々陰る
わあっと浮き上がるように明るくなったり
また陰ったり

早く乾燥させたい思いがあって
千日紅を窓辺に吊るすと
レースに落ちたこもれ日がゆれる

針の目をとおるほどの
小さい希望を
青い布に青い糸で印していく

枯れ葉

秋になると枯れ葉一枚を描きたくなる
はがきに一枚だけの紅葉を描く
ハナミズキや柿や桜の葉や
乾きはじめて波うっていく葉脈
赤や黄色の混ざり具合も一枚ごとに違って
虫食いの穴のあいた葉は嬉しそうだったり
それぞれが異なった表情を見せるのだ

枯れ葉一枚が魂の重さだと

誰かが言っていたけれど
あの世につながる道は
きっと枯れ葉一枚が通れるくらいの細い道で
渡った人は葉一枚に乗ってくる
いつも塞がっている道は
その人を思ったときに開かれて
こっそりと運ばれてくるのだろう

使われなくなって
庭に置いた義母の木の椅子に
今朝は柿の葉が一枚のっている

私は描く
届けられた秋のしずくに

潜んでいる人の記憶を
ダークグリーン　レモンイエロー
サーモンピンク　バーミリオン
水を含ませた色をいくら落としていっても
にじむばかりで
思う葉にはならないけれど

ぬかるみ

玄関先に片足だけを踏み入れて
車を止めているからとか
息子が早く帰ってくるからとか
理由をつけて娘は
用事だけを済ませて帰っていく

私もそうだったかもしれない
毎週母を訪ねていたけれど
ほとんどが仕事のついでだった

また来るねという言葉をひとつ
置いて母の希望をつないでいた

母はいつでも深いぬかるみ
両足を踏み入れたら
ずぶずぶと身体ごととられてしまう
ぬかるみに子を引き込んで一緒に
くつろごうなんて思わないことだ
そんなことはとうに分かっているのだが
それにしても
母と子のたたむ折り紙の
角が合わないこと

忘れられても

平気でいられる勇気を
いつか持てたらいい
さらさらの砂になって

窪み

炎天下　羽ばたくように
砂浴びしていた雀の飛び去った後に
浅い窪みが残っている
風が吹けばすぐに消えてしまうほどの
微かな地面の手のひら

真似て
私も掌に丸い窪みを作ってみる
掌に震える羽を感じている

手の甲に砂の暑さを感じている

そのまま
手を下ろせないで
窪みをつくったまま歩いている
この掌に私は何を受けてきただろう
何をのせて　何を飛ばしてきただろう
鳥を遊ばせた砂の優しい窪みのような
ささやかな入れ物

何度でも差し出そう
降りてくるものに
何度でも

冬のテーブル

川面に石切りをするくらいの
浅い角度で
朝の陽ざしが届く
冬のテーブルには
母が残した金縁の眼鏡が光って
皮の眼鏡ケース　短くなった鉛筆
汚れた消しゴム
まばらに散らばっていた指紋も
ひっそりとしていたものが

一挙に息づいてくる

鋭角に伸びた光の中に
かすかに震える
かげろうのような光の影
食事が終わるころ
気づかないうちに
光は退いている

そして
テーブルの上も
心も
寡黙になる

西日

光は風のように曲がれないから
まっすぐに
行ったり来たりしながら
行きたいところに
近づいていくのだろう

夕方　東向きのキッチンの壁に
四角い西日が
ほんのり当たっている
こんなところに　どうしてだろう

胸に留まらせた陽を
逆にたどっていくと
三軒隣の西向きのガラス窓に
太陽がまぶしく光っている

はねかえりながら
光は届くことを
確かめているのかもしれない
寂しい人の居場所を
知っていて

胸にしみた陽が
温かい眠りを誘うことを
知っていて

あとがき

　時々の思いを記したメモが溜まっていました。それらをまとめて一冊の詩集にしたいと思いました。

　第二詩集『鈍行列車を待ちながら』から十五年過ぎ、残りを意識する歳になりました。

　母と義母、夫と合わせて二十年間はほとんど家で介護の日々でしたので、隙間の時間に詩を書いていました。やるべきことはきまっていて合間に詩やスキーを楽しむことができました。迷わない、そのことは精神的に楽なことでした。

　夫とは八十歳までは生きていてねと約束したのですが脳出血に続いて肺がんにも罹り、九年間も半身不随の不自由な生活を続けて約束を守ろうとしてくれました。字が上手だった彼はおかしいことに左手でも私よりずっと上手でした。

　パソコンでゲームをしたり、本を読んだりしていたのが次第にテレビだけになって、金曜日には録画して私が好きな中国の歴史ドラマを一緒に見るのが楽しみになりました。それは亡くなる一週間前まで続きました。寝込むことも、おむつをつけることもありませんでした。

私が好きだった詩を書いてこられたのは、お付き合いくださった友人、詩友の皆さん、とくに「たちばな野火」の皆さんと「野ばら」の会の皆さんに会えたこと、それはとても幸せなことでした。

この詩集を亡き夫と、急逝した大事な息子に捧げます。それから、なにより、生きて、これからの私を世話してくれる娘に捧げます。


拙い詩集をお読みくださってありがとうございました。

あとがきを考えているうち、かやぶき屋根の軒先から、砂を穿って止まない雨だれを見ている人の姿が浮かびました。

それが子どもなのか、老婆なのか、あるいはこの世からとび出していくのを待っている私の今なのかもしれません。


最後にお世話してくださいました土曜美術社出版販売の高木祐子様、ありがとうございました。

二〇二四年十月

萩野洋子

著者略歴
萩野洋子（はぎの・ようこ）

1944年　千葉県印西市生まれ

詩集　1999年『春一番』（花神社）
　　　2009年『鈍行列車を待ちながら』（花神社）

所属　NHK文化センター菊地貞三現代詩教室を経て「たちばな野火」「野ばら」同人　日本詩人クラブ会員

現住所　〒158-0094　東京都世田谷区玉川4-31-10

詩集　世田谷《せたがや》線線路《せんせんろ》跡《あと》

発行　二〇二四年十一月二十日

著者　萩野洋子
装幀　直井和夫
発行者　高木祐子
発行所　土曜美術社出版販売
〒162-0813　東京都新宿区東五軒町三—一〇
電話　〇三—五二二九—〇七三〇
FAX　〇三—五二二九—〇七三二
振替　〇〇一六〇—九—七五六九〇九
DTP　直井デザイン室
印刷・製本　モリモト印刷
ISBN978-4-8120-2874-2　C0092